Das Glückspendel

Novelle

Rudolf Lindau

copyright © 2022 Culturea éditions
Herausgeber: Culturea (34, Hérault)
Druck: BOD - In de Tarpen 42, Norderstedt (Deutschland)
Website: http://culturea.fr
Kontakt: infos@culturea.fr
ISBN:9791041901067
Veröffentlichungsdatum: November 2022
Layout und Design: https://reedsy.com/
Dieses Buch wurde mit der Schriftart Bauer Bodoni gesetzt.
Alle Rechte für alle Länder vorbehalten.
ER WIRT MIR GEBEN

I

Seit langen Jahren hatte Hermann Fabricius seinen alten Freund Heinrich Warren aus den Augen verloren – und vergessen. Doch hatten sich die beiden auf der Universität sehr lieb gehabt und sich zu verschiedenen Malen »ewige Freundschaft« geschworen. Das war zu einer Zeit, die noch nicht alt ist, aber doch schon fern hinter uns zu liegen scheint, als junge Leute noch an »ewige Freundschaft« glaubten und sich für eine große Tat oder einen großen Gedanken begeistern konnten. – Die heutige Jugend ist vernünftiger. – Fabricius und Warren waren, noch als Studenten, kindlich unvernünftig gewesen und hatten sich, nicht nur in dem Rausch, in dem sie Brüderschaft getrunken, sondern auch später noch, im nüchternen Zustande, fest eingebildet, daß sie während des ganzen Lebens nebeneinander her gehen würden, und daß sie nichts voneinander trennen sollte.

Der harmlose Wahn hatte nur kurze Zeit gedauert. Das Leben hatte die beiden, als sie kaum Männer waren, mit strenger Hand gepackt und den einen nach Westen, den andern nach Osten geschleudert. – Sie hatten sich noch ein paar Monate lang häufig und ausführlich geschrieben, sie hatten sich auch noch einmal gesehen. Dann waren sie voneinander geschieden, die Briefe waren seltener und kürzer geworden – und schließlich ausgeblieben. Man kann einen Freund sehr lieb haben, und doch nicht Zeit finden, ihm zehn Zeilen zu schreiben; während man täglich lange Stunden für den fremden Mann erübrigt, der einen zu einer guten Stellung verhelfen soll. Und man kann bei alledem ein treuer und edler Mensch sein. – Fabricius wußte zur Zeit, wo diese Erzählung beginnt, nicht mehr, ob er zum letztenmal an Warren oder ob dieser zum letztenmal an ihn geschrieben habe, und wer von ihnen beiden den früher so eifrig gepflogenen Briefwechsel abgebrochen hatte; genug, er bestand seit Jahren nicht mehr, und mit jedem Jahre war auch das einst so lebendige Bild des abwesenden Freundes schwächer und schwächer geworden, bis es schließlich nur noch undeutlich, beinahe gänzlich verwischt, erschien. – Manchmal war Fabricius, der eine Universitätsstadt bewohnte und sich als Professor und Schriftsteller einen gewissen Namen erworben hatte, einem Studenten begegnet, der wahrscheinlich in seiner Nähe wohnte. Er hatte braunes, lockiges Haar, ehrliche, blaue Augen, die heiter und mutig in die Welt hinausblickten, und ein freundliches Lächeln um den jugendlichen

Mund: ein Gesicht ohne Arg und Falsch, das Vertrauen schenkte und Vertrauen erwarb und auf dem das Auge mit Wohlgefallen ruhte. Wenn Fabricius den jungen Mann antraf, so sagte er sich jedesmal unwillkürlich: »So sah Heinrich vor fünfzehn Jahren aus« – und während einiger Minuten dachte er dann an die Vergangenheit und wünschte seinen alten Warren noch einmal wiederzusehen. Er hatte sich auch nach solchen Begegnungen häufig vorgenommen, Erkundigungen nach dem verschollenen Freund einzuziehen; – aber es war immer bei dem Vorsatze geblieben. Wenn er nach Hause kam, so fand er auf seinem Arbeitstische neue Bücher, die gelesen und besprochen werden sollten, Briefe von Verlegern und Herausgebern, die versprochene Manuskripte verlangten, Einladungen, die angenommen oder abgelehnt werden mußten – kurz, soviel »laufende« Arbeiten, die sofortige Erledigung erheischten, daß es spät wurde und die Müdigkeit ihn überwältigte, ehe er wieder an Warren denken konnte. – Das Leben der meisten Menschen richtet sich mit der Zeit so ein, daß darin nur noch Raum für notwendige Arbeiten – oder für das, was dafür gehalten wird – bleibt.

Eines Nachmittags, als Fabricius zur gewöhnlichen Stunde, um fünf Uhr, nach Hause kam, überreichte ihm der Diener einen Brief mit amerikanischem Poststempeln, den er, ehe er ihn öffnete, aufmerksam und nachdenklich betrachtete. – Die große, eckige Handschrift auf der Adresse war ihm wohlbekannt, doch konnte er sich nicht gleich besinnen, wem sie angehörte. Aber plötzlich leuchtete sein Gesicht auf: »Ein Brief von Heinrich!« rief er. Das Schriftstück enthielt nur wenige Zeilen und lautete wie folgt:

»Mein lieber Hermann!

Es ist ein Glück, daß es wenigstens einer von uns beiden bis zur Berühmtheit gebracht hat. Ich habe Deinen Namen, als den des Verfassers auf einem Buche gesehen, habe Deinem Verleger geschrieben, der ein höflicher Mann ist und mir mit umgehender Post geantwortet hat, und bin, dank diesem Umstand, im Besitze Deiner Adresse und in der Lage, Dir mitzuteilen, daß ich gegen Ende September in Hamburg ankommen werde. Schreibe mir ›postlagernd‹ dorthin und sage mir, ob Du mich auf ein paar Tage sehen willst. Ich kann nämlich auf der Reise nach meiner Vaterstadt Deinen jetzigen Wohnsitz berühren und werde dies gern tun, wenn Du mir sagst, daß es Dir lieb sein wird, mich wiederzusehen.

Dein alter Freund

Heinrich Warren.«

Unter diesem Briefe stand ein P. S. – »So sehe ich jetzt aus« – und in einem Umschlag, den Fabricius nun entfaltete, lag eine Photographie, mit der er an das Fenster trat und die er lange und voll schmerzlicher Wehmut betrachtete. Es überlief ihn kalt. Die Photographie zeigte das Gesicht eines alten Mannes: graues, wenn auch noch dichtes, langes Haar, eine sorgenvolle Stirn, tiefliegende Augen von eigentümlicher, beunruhigender Starrheit im Blick, einen schmerzlichen Zug um den festgeschlossenen, zwischen zwei tiefen Furchen eingedämmten Mund.

»Mein armer Warren! – So sieht er also aus! – Und er ist ein Jahr jünger als ich. Er ist noch nicht sechsunddreißig Jahre alt.«

Fabricius trat vor den Spiegel und betrachtete sein eigenes Gesicht. Nun, es war nicht so verlebt wie das, welches die Photographie, die er in der Hand hielt, zeigte, aber es war auch kein junges Gesicht mehr, und es war entschieden kein sorgenloses, heiteres. Die Augen waren nicht starr und finster, aber sie blickten entmutigt und müde, und um den Mund lagen, wie auf Warrens Bilde, schwere, tiefe Falten.

»Ja, wir sind beide alt geworden,« sagte Fabricius mit einem Seufzer; »ich hatte seit langer Zeit nicht daran gedacht.« – Dann setzte er sich hin und schrieb seinem Freund und sagte ihm, wie sehr er sich darauf freue, ihn bald wiederzusehen.

Am nächsten Tage begegnete er auf der Straße dem jungen Manne mit den braunen Locken und den ehrlichen, lachenden Augen, der ihn so häufig an Warren erinnert hatte.

»Der sieht vielleicht in zwanzig Jahren ebenso aus, wie heute mein alter Freund,« sagte sich Fabricius. – »Das Leben versteht es, heitere Augen zu trüben und einen lachenden Mund in Falten zu legen. – Mir ist es eigentlich nicht schlecht gegangen . . . auch nicht besonders gut. Ich habe ein Alltagsleben geführt: hier ein wenig Befriedigung, dort ein bißchen Kummer und häufig Sorgen. Und darüber ist meine Jugend dahingeschwunden, ohne daß ich etwas Besonderes getan oder erlebt hätte.«

Am 2. Oktober empfing Fabricius ein Telegramm aus Hamburg, in dem Warren ihm anzeigte, daß er am folgenden Tage, abends um acht Uhr, in L . . . eintreffen werde. Fabricius begab sich rechtzeitig zur Eisenbahn, um seinen Freund gleich nach seiner Ankunft zu bewillkommen. Er sah ihn langsam, etwas schwerfällig aus dem Wagen steigen und musterte ihn einen Augenblick, ehe er sich ihm näherte. – Wie gebrechlich und alt erschien er ihm, noch älter als er auf dem Bilde aussah. Er trug einen grauen Reiseanzug, der schlotterig auf seiner langen, hageren Gestalt saß. Ein breitkrempiger, weicher Filzhut beschattete ihm Stirn und Augen. Er sah sich suchend nach Fabricius um und näherte sich dann dem Ausgange langsamen, müden Schrittes. Fabricius ging ihm entgegen; Warren erkannte ihn, sobald er ihn erblickte. Ein sonniges, junges Lächeln flog über seine verwitterten Züge, und freudig, tief bewegt, reichte er ihm die Hand.

Eine Stunde später saßen die beiden Freunde in Fabricius gemütlichem Zimmer vor einem frugalen Mahle. Warren aß wenig. Fabricius bemerkte dagegen, zuerst mit Verwunderung, dann mit Unruhe, daß sein Freund, den er als ein Muster von Mäßigkeit gekannt hatte, viel trank. Der Wein schien jedoch keinen Einfluß auf ihn zu üben. Sein farbloses Gesicht rötete sich nicht, der Blick blieb kalt und starr und die Redeweise ruhig und langsam, ohne schwer zu sein.

Das Dienstmädchen, das bei Tisch aufwartete, hatte nun die Speisen abgetragen, den Kaffee auf den Tisch gesetzt und das Zimmer verlassen. Fabricius rückte ein paar Sessel zurecht und sagte seinem Freunde:

»So – nun sind wir ungestört. Stecke dir eine Zigarre an und dann mache es dir auf diesem Sessel bequem und erzähle mir, wie es dir während unserer Trennung ergangen ist.«

Warren schob die Zigarrenkiste zurück.

»Wenn du nichts dagegen hast,« sagte er, »so rauche ich meine Pfeife. Ich bin daran gewöhnt, und sie schmeckt mir besser als die beste Zigarre.«

Er zog darauf aus einem abgetragenen Etui eine schwarzgebrannte, kurze Holzpfeife, die er methodisch mit einem dunklen, feuchten Tabak füllte; dann zündete er die Pfeife sorgfältig an, blies mit lautem

Paffen einige dicke Rauchwolken vor sich hin und sagte mit sichtlicher Befriedigung:

»Ein ruhiges Zimmer – einen Freund – eine Pfeife nach dem Essen – und keine Sorgen für morgen! Das lob' ich mir!«

Fabricius musterte seinen Genossen von der Seite und war betroffen. Der lange, hagere Mann mit dem grauen Haar, dem glanzlosen, starren Blick, der, nach vorn gebeugt, mit übereinandergeschlagenen Beinen, rauchend neben ihm saß, schien so gar nichts mit Heinrich Warren, dem Freund seiner Jugend, gemein zu haben. Der Mann war ihm fremd; er wurde ihm geheimnisvoll, unheimlich. – Gleichzeitig zog tiefes Mitleiden in seine Brust. Wie schlecht mußte das Leben seinen Freund behandelt haben, um ihn so zu verändern – zu verunstalten.

»Nun,« sagte Fabricius, die durch das Kommen und Gehen des Dienstmädchens unterbrochene Unterhaltung wieder aufnehmend, »also erzähle! – Wie ist es dir ergangen? – Oder soll ich mit der Beichte beginnen?« – Er bemühte sich, heiter und leicht zu sprechen; aber er fühlte, daß ihm der Versuch mißlang.

Warren rauchte eifrig weiter, ohne zu antworten. Die Pause wurde Fabricius peinlich. Er bekam beinahe Furcht vor dem fremden und doch so bekannten Gaste, den er in sein Haus geladen hatte. Endlich faßte er Mut und sagte noch einmal:

»Nun, willst du sprechen, oder soll ich anfangen?«

Warren lachte leise vor sich hin. »Ich dachte darüber nach,« sagte er, »was ich dir antworten sollte. – Die Sache ist nämlich die, daß ich gar nichts zu erzählen habe. Ich wundere mich nun eigentlich – und das machte mich einen Augenblick nachdenklich –, daß ich mich mein lebelang über nichts geärgert habe. – Was für ein Narr ich gewesen bin! Als ob es nicht gerade ebenso leicht und unendlich viel angenehmer gewesen wäre, mich über dasselbe Nichts – mein Leben – zu freuen. Ich habe nämlich gar keinen besonders großen Kummer zu ertragen gehabt. Es ist wahr, daß ich niemals und nirgends Erfolge gehabt habe; aber ich weiß, daß es mir in dieser Beziehung nicht schlechter gegangen ist als tausend andern. Die gebratenen Tauben sind mir nicht in den Mund geflogen, ich habe nie ein großes Los gewonnen, ich habe mein tägliches Brot immer sauer verdienen müssen, ich habe mich auch einmal, wie man sagt, ›unglücklich verliebt‹. – Es ist lange her. – Ich habe mich über das alles lange, längst getröstet. Es kümmert mich in diesem Augenblicke nicht mehr. Was mich verdrießlich macht, ist, daß mir das ganze Leben ohne Freude, ohne Genuß, dahingeschwunden ist.«

Warren hielt eine kurze Weile inne und fuhr dann langsam und ruhig fort:

»Bis vor wenigen Jahren hatte ich mir noch immer eingebildet, es würde anders und besser werden. Ich war eben noch jung. Die Zeiten waren hart und schlecht. Ich arbeitete für ein elendes Gehalt in einer Schule im Staate Neuyork. Ich lehrte dort alles Mögliche: was ich wußte und was ich lernen mußte, um es lehren zu können: Griechisch und Lateinisch, Deutsch und Französisch, Mathematik und Physik, auch Musik in meinen sogenannten Mußestunden. Ich kam den Tag über selten zur Ruhe. Ich war von einer Schar lärmender, mutwilliger Burschen umgeben, deren Hauptbeschäftigung während der Stunden, die ich zu geben hatte, darin bestand, mich bei einem Fehler im Englischen zu ertappen. Am Abend war ich todmüde. Doch konnte ich immer noch eine halbe Stunde mit wachen Augen träumen, ehe ich einschlief. Und dann sah ich mich in einer glücklichen, außergewöhnlichen Lage: ich *hatte* das große Los gewonnen, die gebratenen Tauben *kamen* urplötzlich aus allen Himmelsgegenden für mich angeflogen. Ich war reich, angesehen, mächtig . . . was weiß ich! Ich setzte die Welt oder vielmehr Ellen Gilmore, die meine Welt war, in Erstaunen. – Bist du auch ein solcher Narr gewesen wie ich, Hermann? Hast du dich auch im wachen Traum als Staatsminister, Millionär, Verfasser des größten literarischen Werkes der Gegenwart, siegreicher Feldherr, Parteiführer im Parlament und Ähnliches gesehen? Ich habe das alles erlebt . . . im Traume wohlverstanden. – Nun, item, es war eine schöne Zeit!

Ellen Gilmore, die ich eben genannt habe, war die ältere Schwester eines meiner Zöglinge, des wenigst lernbegierigen Schülers in der ganzen Schule. Sein Vater bestand jedoch darauf, daß er etwas lernen solle, und ich, der ich mich des Rufes erfreute, große Geduld zu besitzen, wurde auserkoren, dies gegen anständige Bezahlung zustande zu bringen. Bei der Gelegenheit wurde ich in die Familie Gilmore eingeführt, und nachdem ich mich zufälligerweise auch als Musiker entpuppt hatte – du erinnerst dich vielleicht, daß ich für einen Dilettanten ganz gut Klavier spielte –, kam ich täglich in das Haus, um Francis Sprachunterricht und Ellen Musikstunden zu geben.

Nun male dir, bitte, die Lage aus, und dann lache über mich, wie ich es selbst zehntausend Male getan habe: also einerseits, auf der feindlichen Seite, bei den Gilmores, großer Reichtum und nicht wenig Stolz darauf, ein kluger und gewitzter Papa, eine ehrgeizige, putzsüchtige Mutter, ein ungezogener, gutmütiger Schlingel von Sohn, die Hoffnung der Familie, und eine bildschöne, gebildete, ruhige, verständige Tochter von neunzehn Jahren. – Und auf der andern Seite: Doktor Heinrich Warren, neunundzwanzig Jahre alt. – Im Traume: Verfasser eines epochemachenden philosophischen Werkes, oder siegreicher General der Nordarmee, oder Präsident der Republik, trotzdem man dazu in Amerika geboren sein muß, während Heinrich das Licht der Welt in Calbe an der Saale erblickt hat; – in Wirklichkeit: wohlbestallter Schulmeister am Gymnasium zu Elmira mit siebzig Dollars monatlichem Gehalt. – Glaubst du nicht, daß ich die hoffnungslose Lächerlichkeit meiner Stellung als Prätendent von Anfang an verstehen mußte? – Natürlich verstand ich sie. Ich war ja, wenn ich nicht träumte, ein vernünftiger Mensch, der viel gelesen und behalten hatte, und ich hätte ja wahnsinnig sein müssen, um mir einbilden zu können, daß für mich die Möglichkeit vorhanden wäre, Ellen jemals zu heiraten. Ich wußte mit vollständiger Sicherheit, daß dies unmöglich war, geradeso unmöglich, wie daß ich zum Präsidenten der Vereinigten Staaten ernannt werden sollte. – Und doch träumte ich von der Heirat mit der Tochter des Millionärs. – Ich darf mir die Gerechtigkeit widerfahren lassen, daß ich niemand mit meiner Leidenschaft gestört habe. Es war ein stilles, harmloses Vergnügen, daß ich mir damit bereitete. Es fiel mir ebensowenig ein, davon zu sprechen, wie von meiner Traumstellung als kommandierender General am Potomac. Aber Ellen merkte doch etwas von meiner stummen, heimlichen Liebe. Ich fühlte es mit zweifelloser Gewißheit, obgleich sie nie durch ein Wort oder einen Blick verriet, daß sie meinen Zustand ahnte. Nur ein einziger kleiner Zwischenfall steht damit in Widerspruch.

Ich sah sie eines Tages mit rotgeweinten Augen. Ich wagte natürlich nicht, zu fragen, was sie quäle. Sie war während des Unterrichts unaufmerksam. Als ich fortgehen wollte, sagte sie mit niedergeschlagenen Wimpern: ›Ich werde vielleicht meine Stunden während einiger Zeit unterbrechen müssen. Es tut mir sehr leid. Ich wünsche Ihnen alles Gute, Herr Warren.‹ – Damit ging sie schnell, ohne mich angesehen zu haben, aus dem Zimmer. Ich war bestürzt. Was sollten die Worte und der Ton, in dem sie gesprochen waren, bedeuten? – Am nächsten Tage teilte mir Francis, mit einem Gruße von Papa, mit, er habe vier Tage Ferien, und ich solle mich nicht zu ihm bemühen, da seine Schwester sich mit Herrn Howard, dem reichen Kaufmann aus Neuyork, verlobt habe, und große Festlichkeiten im Hause stattfinden würden. – Da fiel es mir auf einmal wie Schuppen von den Augen, und mit den Träumen, die mir bis dahin das Leben versüßt hatten, war es zu Ende.

Es war im Grunde kein größeres Unglück für mich, daß Ellen sich verheiratete, als daß Johnson zum Nachfolger von Lincoln erwählt wurde: weder das eine noch das andere ging mich vernünftigerweise etwas an; aber du hast keine Idee davon, wie mich die Sache – ich spreche von der Verlobung – angriff. Meine ganze, vollständige Nichtigkeit wurde mir plötzlich klar. Meine Traumschlösser fielen zusammen. Ich sah mich endlich, wie ich in Wirklichkeit war: ein Schulmeister – ohne Stolz auf vergangene Werke, ohne Freude an der Gegenwart, ohne Hoffnung auf die Zukunft.«

Die Pfeife war während des Erzählens ausgegangen. Warren klopfte sie bedächtig aus. Dann nahm er eine Platte gepreßten Kavendish-Tabak aus der Tasche, schnitt mit einem Federmesser so viel davon ab, wie er gerade gebrauchte, stopfte die Pfeife und steckte sie wieder behaglich an. Er sprach während dieser Beschäftigung nicht, sondern pfiff leise vor sich hin. Fabricius schwieg ebenfalls. Nach einer kurzen Weile und nachdem die Pfeife durch einige schnelle, laute Züge gut angebrannt war, fuhr Warren in seiner Erzählung fort:

»Ich war eine Zeitlang sehr unglücklich. Nicht etwa über den Verlust Ellens – was man nie besessen, nie zu besitzen berechtigt war, kann man nicht verlieren –, sondern über den Verlust meiner Illusionen über mich selbst. Ich verzehrte schockweise Äpfel vom Baume der Selbsterkenntnis und fand die Frucht sehr bitter. – Ich verließ Elmira und versuchte mein Glück wo anders. Ich verstand mein Handwerk. Ich hatte auch durch die Praxis gelernt, wie ich es am besten verwerten konnte. Ich war nie um eine Anstellung verlegen, und ich lehrte nach und nach und mit gutem Erfolg in einem bis anderthalb Dutzend verschiedener Staaten. Ich erinnere mich kaum noch, wo ich gewesen bin: in Sacramento, Chicago, St. Louis, Cincinnati, in Boston, Neuyork . . . überall – überall. Und ich fand aller Orten dieselben ungezogenen, faulen Schüler und dieselben regelmäßigen und unregelmäßigen griechischen und lateinischen Verba. Wenn du einen Menschen sehen willst, der mit Schulbuben und Grammatik der klassischen Sprachen vollständig gesättigt ist, so brauchst du mich nur zu betrachten.

In den Mußestunden, die ich, wieviel ich auch zu tun haben mochte, immer fand, gab ich mich philosophischen Betrachtungen hin. Bei dieser Gelegenheit gewöhnte ich mich daran, viel zu rauchen . . .« Er schwieg plötzlich, schien über etwas nachzusinnen und blickte starr vor sich hin. Dann strich er sich mit der mageren Hand das Haar aus der Stirn und wiederholte langsam und zerstreut: »Viel zu rauchen . . . Ich gewöhnte mich auch an manches andere,« fuhr er schneller fort; »aber das hat mit meiner Erzählung nichts zu tun.

Die Theorie, die mich am meisten beschäftigte, war die von den Schwingungen eines von mir erdachten, sogenannten Glückspendels. Ich verdanke derselben die ruhige Verfassung, in der ich seit einiger Zeit lebe und in der du mich heute siehst. Ich sagte mir nämlich, daß mein großes Unglück, wenn ich es, ohne unbescheiden zu sein, so nennen darf, daher gekommen sei, daß ich die Absicht gehabt habe, außerordentlich glücklich zu werden. – Wenn man sich im Traume bis zur Höhe eines weltberühmten Mannes, eines Bräutigams von Ellen Gilmore erhebt, so ist es kein Wunder, daß man beim Erwachen einen tiefen Fall machen muß, bis man wieder festen Boden unter seinen Füßen fühlt. Wäre ich in meinen Wünschen bescheidener gewesen, so würde deren Verwirklichung eine leichtere, die Enttäuschung im schlimmsten Falle eine weniger bittere gewesen sein. – Von diesem, durch jüngste Erfahrung als richtig angezeigten Grundsatz ausgehend, kam ich sodann zu der logischen Schlußfolgerung, daß das beste Mittel, Unglück so viel wie menschenmöglich zu vermeiden, das sei, sich so wenig wie möglich Glück zu wünschen. Dies ist bereits von meinen philosophierenden Vorfahren lange Jahrhunderte vor Christi Geburt erfunden worden, und ich beanspruche kein Patent für den alten Gedanken. Das Symbol jedoch, in das ich denselben schließlich kleidete, ist, so glaube ich wenigstens, meine Erfindung.

Gib mir einen Bogen Papier und eine Bleifeder,« fuhr er fort, sich zu seinem Nachbar wendend; »mit ein paar Strichen kann ich die Sache am leichtesten begreiflich machen.«

Fabricius reichte seinem Freunde, ohne ein Wort zu sagen, das Verlangte. – Dieser zeichnete darauf einen großen, nach oben offenen Halbkreis auf das Papier, und darüber ein vertikal herabhängendes Pendel, welches den Punkt des Halbkreises, an dem sich auf dem Zifferblatt einer Uhr die Zahl VI befindet, berührte. Daneben schrieb er rechts, von unten anfangend, am Platze der Stundenzahlen V, IV, III die Worte: »Bescheidene Wünsche« – »Leidenschaftliches Verlangen, Ehrgeiz« »Überschwengliche Sehnsucht nach Glück, Größenwahnsinn«. – Er schob das Papier darauf wieder zurück und schrieb links vom Pendel, also am Platze der Uhrenzahlen VII, VIII, IX: »Ärger und Verdruß« – »Gram, bittere Enttäuschung« – »Verzweiflung«. – An Stelle der Zahl VI endlich, gerade unter dem Pendel, machte er einen dicken runden Punkt, den er, wohlgefällig lächelnd, sorgfältig schattierte und unter den er die Worte: »Toter Punkt. Vollständige Ruhe« schrieb.

Das Glückspendel.

Er legte darauf den Kopf auf die Seite, zog die Augenbrauen in die Höhe, spitzte den Mund wie zum Pfeifen und betrachtete die Zeichnung eine halbe Minute lang mit großer Aufmerksamkeit Dann sagte er: »Die Windrose ist noch nicht vollständig. Zwischen dem ›Toten Punkt‹ und ›Bescheidenen Wünschen‹ auf der rechten, und ›Ärger und Verdruß‹ auf der linken Seite, gehört die schöne Linie ›Vernünftige, ruhige Gleichgültigkeit‹ hin ... aber die Zeichnung, wie sie da ist, genügt zur Klarstellung meiner Theorie. – Folgst du mir?«

Fabricius nickte stumm mit dem Kopf. Eine tiefe Traurigkeit hatte sich seiner bemächtigt. Er erblickte nun in dem Freunde seiner Jugend, für den er einst eine goldene Zukunft gehofft und dem er noch heute alles Gute wünschte, einen beklagenswerten Monomanen.

»Siehst du,« fuhr Warren ruhig fort, etwa als halte er eine wissenschaftliche Vorlesung vor einem aufmerksamen Schülerkreis, »wenn ich das Glückspendel nun leise nach rechts hin in die Höhe hebe, bis es den Punkt ›Bescheidene Wünsche‹ berührt, und es sodann fallen lasse, so geht es gehorsam und natürlich bis zum Punkte ›Ärger und Verdruß‹ zurück, den es nicht überschreiten kann, schwingt dann noch eine Zeit, längstens ein Leben lang, im Abschnitte ›Vernünftige Gleichgültigkeit‹ und kommt schließlich auf dem ›Toten Punkt‹ zu ›Vollständiger Ruhe‹. – Ein tröstlicher Gedanke!« – Er hielt einen Augenblick inne, als erwarte er eine Entgegnung von Fabricius. Als dieser aber beharrlich schwieg, fuhr Warren fort:

»Du verstehst nun bereits, wohin ich kommen will: hebe ich das Pendel bis auf ›Leidenschaftliches Verlangen‹ oder ›Größenwahnsinn‹, so schnellt es von da bis auf ›Gram‹ respektive ›Verzweiflung‹ zurück. Die Sache ist klar. Nicht wahr?«

»Ganz klar,« antwortete Fabricius traurig.

»Sehr wohl,« fuhr Warren eifrig fort. »Ich entdeckte dies leider etwas spät. Ich hatte mich, wie ich dir bereits sagte, im Traume nicht mit Kleinigkeiten abgegeben. Ich hatte Präsident der Republik, siegreicher Feldherr, weltberühmter Gelehrter, Ellens Bräutigam werden wollen. – Hm! – Ein bescheidener Mann. – Was sagst du zu mir? – Ich hatte das Glückspendel wie ein Wahnsinniger hoch gehoben, und als es plötzlich, meinen ohnmächtigen Händen entfallend, zurückschwang, mußte es einen großen Bogen beschreiben und den Punkt ›Verzweiflung‹ berühren. – Das waren harte, schlimme Zeiten! – Es ist dir hoffentlich nie so schlecht gegangen, wie es mir damals erging. – Ich lebte wie in einem bösen Traume . . . wie in einem wüsten Rausche . . .« Er stockte wieder, wie er es vor einigen Minuten bereits getan hatte. Dann lachte er laut und roh auf . . . »Ja! Wie im Rausche! – Ich trank . . .« Plötzlich jedoch wurde sein Gesicht, das sich häßlich verzerrt hatte, wieder ernst und edel, und er sagte schaudernd: »Es ist furchtbar für einen Menschen, wenn er sich herabsinken sieht.« – Er schwieg lange. Dann stopfte er sich von neuem die Pfeife und sich zu Fabricius wendend, fragte er:

»Hast du genug von meinem Leben, oder willst du das Ende der Geschichte hören?«

»Es tut mir leid, dich so sprechen zu hören,« antwortete Fabricius; »aber bitte, fahre fort. Es ist vielleicht am besten.«

»Ja, es tut mir wohl, mein Herz einmal ausschütten zu können . . . Ich trank also . . . Man nimmt die niederträchtige Gewohnheit in Amerika leicht an . . . Ich mußte verschiedene Stellungen aufgeben, weil man mich dort nicht mehr für ›respektabel‹ hielt. Aber ich fand stets ohne große Mühe neue Beschäftigung. Not hatte ich nie zu leiden, obgleich ich auch nicht gerade im Überfluß lebte. Ich gebrauchte wenig. Ich vernachlässigte meinen Anzug. Ich kaufte keine Bücher mehr. – Anderthalb Jahre, nachdem ich Elmira verlassen, traf ich eines Tages im Zentralpark in Neuyork mit Ellen zusammen. Sie war seit fünfzehn Monaten verheiratet. Ich wußte es. Sie erkannte mich sofort und redete mich an. Ich hätte in die Erde versinken mögen. Ich wußte, daß ich abgerissen und unordentlich aussah. Ich bildete mir ein, daß sie mir das Laster, dem ich mich ergeben hatte, vom Gesicht absehen müßte. Aber sie bemerkte nichts oder wollte nichts bemerken. Sie reichte mir die Hand und sagte mit ihrer sanften Stimme:

›Es freut mich, daß ich Sie endlich antreffe. Ich habe mich bei meinem Vater und bei Francis nach Ihnen erkundigt; aber sie konnten mir keine Auskunft über Ihren Verbleib geben. Ich möchte Sie bitten, mir während des Winters wieder einige Musikstunden zu geben. Sie wissen, wo ich wohne‹ –, und sie gab mir ihre Adresse.

Ich stotterte eine verlegene Antwort auf die freundliche Anrede. Sie sah mich wohlwollend lächelnd an. Plötzlich wurde sie jedoch ernst und fragte teilnehmend:

›Sind Sie krank gewesen? Ich finde, Sie sehen etwas angegriffen aus.‹

›Ja,‹ antwortete ich, froh, eine Entschuldigung für mein Aussehen gefunden zu haben. ›Ich bin krank gewesen. Ich bin noch nicht ganz wohl.‹

›Das tut mir sehr leid,‹ antwortete sie leise. Lache mich aus, Fabricius! Schilt mich einen unverbesserlichen Narren – Aber ich schwöre dir zu, ich sah in ihren Augen mehr als banale, höfliche Teilnahme.

Sorgend, mitleidig blickte es daraus hervor. Ein unsäglicher Schmerz packte mich. Was hatte ich getan, um so elend zu sein? Der Trunk, Unruhe, schlaflose Nächte hatten mich zum Schwächling gemacht. Ich taumelte einen Schritt zurück und blickte sie verstört an. Um uns wogte das Treiben der großen Stadt.

›Kommen Sie bald, recht bald,‹ sagte sie schnell und entfernte sich. Ich sah sie in einen Wagen steigen, den sie wahrscheinlich verlassen hatte, um einen Spaziergang zu machen. Dann erblickte ich sie, wie sie mit bleichem Gesicht sich aus dem Wagenfenster hinauslehnte und mich im Vorbeifahren mit starren, erschreckten Blicken ansah.

Ich ging nach Hause. Mein Weg führte mich an ihrer Wohnung vorüber. Sie bewohnte einen Palast. Ich schloß mich in meiner Stube in einem elenden Gasthof ein, und ich träumte: Ellen liebte mich, bewunderte mich, sie war mir nicht verloren. Das Pendel zeigte wieder wahnsinnige Erwartungen.

Erkläre mir, wenn du es kannst, wie es kommt, daß ein vernünftiger, ruhiger Mensch, denn ein solcher bin ich im gewöhnlichen Leben stets gewesen, und für einen solchen gelte ich noch heute in den Augen sämtlicher Schuldirektoren, bei denen ich acht Jahre lang mein Brot mit amo und τύπτω ehrlich und sauer verdient habe, – erkläre mir, wie es kommt, daß ein solcher Mensch zu gewissen Stunden, bei vollem Bewußtsein, positiv verrückt sein kann. – Ich will zu meiner Entschuldigung und deiner Aufklärung annehmen, daß dieser Zustand Vorbote einer Nervenkrankheit war, die mich bald darauf packte und mich mehrere Wochen lang an das Lager fesselte.

Während der Genesung wurde ich ruhig und vernünftig; aber mit meinem Leben war es auf einmal vorbei. Ich war in zwei Monaten um zwanzig Jahre älter geworden. Als ich das Krankenzimmer verließ, war ich alt und gebrechlich, wie ich es heute bin. Meine Vergangenheit, so leer und freudenlos sie gewesen, war mein ganzes Leben. Es blieb mir nichts mehr zu tun, zu hoffen, zu wünschen übrig. Es war dämmerig geworden. Der Tag mit seinem Lärm und seiner Hitze war vorüber. Es wurde ruhig und kühl. Das Pendel schwang träge, in einem kleinen, kurzen Bogen, auf der Linie ›Vernünftige Gleichgültigkeit‹ . . . Ich möchte wohl wissen, wie Leuten zumute ist, die ihr Ziel erreicht, die es weit in der Welt gebracht haben, die wirklich siegreiche Feldherren, Premierminister und Ähnliches geworden sind. Ob sie stolz befriedigt am Abend des Lebens ruhen können, oder ob auch sie nur kampfesmüde, nicht siegesfreudig aus dem Getümmel zurücktreten. – Ist es jedermann, bei Strafe des Glückes, verboten, in sein Inneres hinabzusteigen und sich Rechenschaft davon abzulegen, wie er sein Leben verausgabt hat?«

Warren schwieg längere Zeit, in schmerzliche Betrachtungen versunken. Dann fuhr er leise fort:

»Ich war Ellens Einladung natürlich nicht gefolgt. Aber irgendwie hatte sie meine Wohnung herausgefunden, hatte auch erfahren, daß ich krank war. – Glaube nicht etwa an eine romantische Liebesgeschichte. Keine lichte Gestalt erschien an meinem Bette, ich fühlte nicht im Fiebertraum, wie sich eine weiße Hand kühlend auf meine brennende Stirn legte. Ich wurde im Hospital gepflegt und recht gut gepflegt, und hieß dort Nr. 382, und die ganze langwierige Geschichte war so prosaisch wie nur möglich. – Aber als ich das Krankenhaus verlassen wollte und dem freundlichen Direktor Lebewohl sagte, überreichte er mir einen Brief mit einem Check von fünfhundert Dollars. In dem Umschlag lag ein Billett folgenden Inhalts:

›Ein alter Freund bittet Sie, den einliegenden Betrag als Darlehen annehmen zu wollen und ihn, nachdem Sie Ihre Arbeiten wieder begonnen haben, in monatlichen Raten durch Zahlungen an das Hospital zurückzuerstatten.‹ – Keine Unterschrift!

Die Sache war augenscheinlich gut gemeint; aber sie tat mir weh. Ich mußte das Geld natürlich zurückweisen. Das hätte gerade noch gefehlt, daß ich mich von der Frau, die ich liebte und die einen andern geheiratet hatte, unterstützen ließ.

Ich fragte den Direktor, der mich, während ich den Brief las, mit einem wohlwollenden Lächeln beobachtet hatte, ob er wisse, wer der Absender desselben sei. Er antwortete mir: er wisse es nicht; aber ich war sicher, daß er mir die Wahrheit verschwieg. – Ich dachte einen Augenblick nach, und dann fragte ich von neuem, ob er einen Brief von mir in die Hände des Absenders des an mich gerichteten Schreibens gelangen lassen könnte. Dies bejahte er. Darauf sagte ich, ich würde ihm am nächsten Tage einen Brief bringen.

Ich dachte lange darüber nach, wie ich schreiben sollte. Ich zweifelte nicht, daß Ellen mir das Geld geschickt hatte. Ich wollte nicht undankbar erscheinen, ich wollte sie nicht verletzen. Ich setzte endlich einen Brief auf, der, soviel ich mich noch besinnen kann, ungefähr wie folgt lautete:

›Ich danke Ihnen vielmals; aber es ist mir unmöglich, das Geld, das Sie mir leihen wollen, anzunehmen. Zürnen Sie mir nicht, weil ich es Ihnen zurückschicke. Ihre Handlung zeigt, daß Sie mir wohlwollen. Ich will mich bemühen, Ihrer Freundschaft nicht unwürdig zu werden. Bewahren Sie mir ein freundliches Andenken. Ich kann Ihre Güte nie vergessen.‹

Wenige Tage darauf und nachdem ich diesen Brief dem Krankenhausdirektor anvertraut hatte, verließ ich Neuyork und ging nach San Franzisko. – Jahrelang sah und hörte ich nichts wieder von Ellen Gilmore. Ihr Bild wurde schwächer und schwächer. Ich vergaß sie. Ich vergaß, daß ich jung gewesen. Ich war alt. – Der dunkle Strom, der die Barke, die mich und mein Glück trug, ruhig ohne Erschütterung zu dem geheimnisvollen Meere führte, in das sich schließlich alles Lebende ergießt, nahm seinen Lauf durch eine öde Wüste. Die Ufer glitten in schrecklichem Einerlei an mir vorüber. Ich stand am Bord des Nachens – des Lebens, ach, so müde. – Ich hatte wissentlich nie etwas Böses getan. Ich hatte das Schöne geliebt und das Gute erstrebt. – Weshalb war ich so freudenlos? Ich hätte die Klippe gesegnet, die den Kiel meines Schiffes zerrissen, und den Strudel, der mich in die dunkle Tiefe gezogen hätte. – Bis zu dem Tage, an dem ich Ellens Verlobung erfahren, hatte ich immer noch geglaubt, ich werde mein Leben morgen beginnen. Das Morgen war gekommen, ohne daß ich einen Anfang gemacht hatte – und mein Leben war beendet.«

Warren sprach jetzt so leise, daß Fabricius Mühe hatte, ihn zu verstehen. Er schien mit sich selbst mehr, als mit seinem Freunde zu reden. Er hob den Zeigefinger der rechten Hand in die Höhe und machte eine langsame, kurze Bewegung von rechts nach links, die Schwingung eines Pendels andeutend. Dann berührte er den schwarzen Punkt, den er auf dem Bogen Papier gezeichnet hatte und sagte: »Vollständige Ruhe . . . Ich möchte, alles wäre vorbei.«

Eine lange Pause trat ein, die Fabricius endlich unterbrach.

»Wie kam es,« fragte er, »daß du den Entschluß faßtest, Amerika zu verlassen und nach Europa zurückzukehren?«

»Ja, richtig,« entgegnete Warren, sich schnell sammelnd, »das sogenannte Ende fehlt noch. Eigentlich hat meine Geschichte kein Ende . . . wie sie auch sozusagen keinen Anfang hat. Sie beschreibt etwas Formloses, Zweckloses; nicht ein Leben, sondern nur ein Ableben – Sterben. – Aber ich kann in chronologischer Reihenfolge weitergehen, wenn du noch nicht müde geworden bist.«

»Bitte, fahre fort.«

»Nun gut . . . Ich trieb mich also jahrelang in Amerika umher. Das Glückspendel war vortrefflich geregelt. Es bewegte sich stetig zwischen ›Bescheidenen Wünschen‹, die ich meist mit Leichtigkeit erfüllen konnte, und ›Ärger und Verdruß‹, die mich nie länger als auf kurze Zeit in Anspruch nahmen. – Ich führte ein Stilleben und galt für einen Sonderling. Ich tat meine Pflicht und Schuldigkeit und bekümmerte mich um keinen Menschen. Sobald ich meine Stunden gegeben hatte und Herr meiner Zeit war, ging ich allein aus der Stadt in den nächsten Wald und lagerte mich unter die großen Bäume. Alle Jahreszeiten waren mir gleich: der blütentreibende Frühling, der reiche, grüne Sommer, der traurige Herbst, der rauhe Winter. Ich fand immer meine Freude am Walde. Der stille Wald ist das Schönste auf der Welt. Friede zog dort in meine Brust. Ich wurde vollständig ruhig, und das, was mich umgab, wurde mir so gleichgültig, daß ich mich daran gewöhnte, zu allem, was mir begegnete, auf alles, was man mir vor- oder abschlug, ›Sehr wohl‹ zu antworten. Ich selbst wußte dies nicht einmal, so natürlich kam mir das Wort, bis mir ein Kollege eines Tages sagte, man habe mir auf der Schule den Spitznamen ›Herr Sehrwohl‹ gegeben. – Es ist komisch, daß man mich, dem es nie gut gegangen ist, ›Sehrwohl‹ genannt hat.

Nun habe ich noch von einem kleinen letzten Abenteuer zu berichten, dann bin ich mit meiner Geschichte fertig und will dich hören.

Im vergangenen Jahre führte mich mein Weg nach Elmira. Es war Ferienzeit. Ich hatte nichts zu tun, und hatte ein paar hundert Dollars in der Tasche. Ich beschloß, den Schauplatz meiner Freuden und Leiden noch einmal zu besuchen. Es war sieben Jahre her, seitdem ich ihn verlassen hatte. Ich war ganz sicher, daß mich dort niemand erkennen werde. Übrigens wäre es mir auch gleichgültig gewesen, erkannt zu werden.

Nachdem ich durch die Stadt gewandert war und meine alte Schule sowie das Haus, in dem Ellen Gilmore gelebt, aufgesucht hatte, ging ich nach einem kleinen, in der Nähe der Stadt gelegenen Park, in dem ich als junger Mensch manche Stunde verträumt und in dem ich damals jeden Strauch gekannt hatte. Die Bäume, die ich jung gesehen, waren groß geworden. Alle hatten nicht gelebt. Hie und da war einer abgestorben oder abgehackt. – Es war im Monat September – gegen Abend. Die Sonne stand tief am Himmel, ihr rotes, blendendes Licht blitzte durch die schwarzen Zweige. – Auf einer Bank, unter einem Baume, saß eine dunkle Gestalt. Als ich mich ihr genähert hatte, erkannte ich sie. – Es war Ellen. – Ich blieb eine Sekunde wie angewurzelt stehen.

Sie saß vornübergebeugt und zeichnete mit dem Stiel eines langen Sonnenschirmes Figuren in den Sand. – Sie war in Trauer. – Sie hatte mich noch nicht gesehen. Ich hielt den Atem an und wandte mich lautlos wieder ab. Nachdem ich hundert Schritte gegangen war, trat ich aus der Allee unter die Bäume und sah mich furchtsam um. Sie saß noch immer am selben Platze. Gott weiß, was für Gedanken mir plötzlich wieder in das Gehirn stiegen. Ich wollte sie sehen. Ich war sicher, daß sie mich nicht erkennen konnte. Ich näherte mich ihr langsam wie ein Spaziergänger, und wenige Minuten später ging ich an ihr vorüber. – Als sie meinen Schatten auf dem Wege sah, hob sie nachlässig den Kopf in die Höhe, und unsere Blicke begegneten sich. Mir stockte das Herz. Ihr Blick war fremd und kalt. Aber auf einmal leuchtete es darin sonderbar auf, und sie machte eine schnelle Bewegung, als wollte sie sich erheben. Mehr konnte ich nicht sehen. Ich ging weiter, ohne es zu wagen, mich umzusehen. Noch ehe ich jedoch den Ausgang des Parkes erreicht hatte, rollte ein offener Wagen schnell an mir vorüber, und aus demselben sich hinauslehnend, bleich, mit weitgeöffneten Augen, wie ich sie vor fünf Jahren im Zentralpark von Neuyork erblickt hatte, sah ich Ellen. – Was hielt mich ab, sie zu grüßen? – Narrheit, – aber ich grüßte nicht. – Die Augen, die eine Sekunde lang ängstlich auf mich gerichtet gewesen waren, wurden plötzlich wieder kalt. Ich sah noch, wie Ellen tief aufatmete und sich langsam wieder in den Wagen zurückbog. – Dann war sie verschwunden.

Ich war nun sechsunddreißig Jahre alt. Ich schäme mich beinahe, den Schülerstreich zu bekennen, den ich beging. Ich schrieb ihr: ›Ein ergebener Freund, dem Sie vor Jahren Gutes erwiesen haben und der

Sie gestern einen Augenblick gesehen hat, ohne von Ihnen erkannt zu werden, sendet Ihnen seine Grüße.‹ – Ich warf den Brief, eine Minute, ehe ich in den Eisenbahnwagen stieg, der mich nach Neuyork führen sollte, in den Briefkasten, und dabei schlug mir das Herz, als ob ich eine gefährliche Tat verrichtet hätte. – Das sind große Abenteuer! Nicht wahr? . . . Und ich habe keine größeren erlebt, und daran zehrt meine Erinnerung.

Ein Jahr später ungefähr, vor wenigen Monaten, traf ich in Broadway mit dem zwanzigjährigen Francis Gilmore zusammen. – Die Welt ist klein – es ist schwer, Bekannten aus dem Wege zu gehen. – Francis, der seiner Schwester sehr ähnlich geworden war, erkannte mich nicht. – Ich redete ihn an. Er betrachtete mich einige Sekunden freundlich und verlegen lächelnd. Plötzlich streckte er mir herzlich die Hand entgegen.

›Herr Warren!‹ rief er, ›wie freut es mich, Sie endlich einmal wiederzusehen! Ellen und ich haben so oft von Ihnen gesprochen und darüber nachgegrübelt, was wohl aus Ihnen geworden sein möchte. – Weshalb haben Sie nie etwas von sich hören lassen?‹

›Ich konnte nicht hoffen,‹ antwortete ich, ›daß das Wert für Sie haben würde.‹ Ich sprach ganz kleinlaut. Was für ein mutiger Mann ich bin. Der junge Mensch schüchterte mich ein. Und doch hatte ich nie etwas von ihm verlangt und erwartete nichts von ihm.

Francis antwortete mit jugendlichem, freundlichem Eifer:

›Es ist unrecht von Ihnen, so mißtrauisch zu sein. Sie sind der einzige Mensch, von dem ich etwas gelernt habe, der einzige Lehrer, dem ich etwas verdanke. Glauben Sie, ich hätte unsere langen, schönen Spaziergänge vergessen? Ich war noch ein Kind; aber alles Gute und Schöne, was Sie mir damals erzählten, hat sich in mein Gedächtnis eingegraben. – Und Ellen? – Sie hat nie wieder Musikunterricht nehmen wollen, seitdem Sie verschwunden sind, und sie spielt heute noch dieselben alten Stücke, die sie von Ihnen gelernt hat, und will von keiner andern Musik etwas wissen.‹

›Wie geht es Ihren Eltern, – wie geht es Ihrer Schwester?‹ fragte ich.

›Meine arme Mutter ist vor drei Jahren gestorben,‹ antwortete Francis. ›Ellen führt jetzt die Wirtschaft in unserem Hause.‹

›Ihr Schwager wohnt also bei Ihnen?‹

›Mein Schwager?‹ entgegnete Francis verwundert. ›Wissen Sie denn nicht, daß er im vergangenen Jahre am Bord der »Atlante« auf der Reise von Liverpool nach Neuyork ertrunken ist?‹

Ich war sprachlos.

›Nun,‹ setzte Francis unbefangen und ruhig hinzu, ›unter uns gesagt: es war kein großer Verlust. Mein Schwager war kein guter Mensch. Ellen lebte bereits seit drei Jahren von ihm getrennt, als er plötzlich starb. – Die Ehe ist keine glückliche gewesen.‹

Ich machte ein Zeichen mit dem Kopfe, als wolle ich Beileid ausdrücken. Es war mir unmöglich, ein Wort hervorzubringen.

›Sie müssen uns nun recht bald besuchen,‹ fuhr Francis fort; ›hier ist meine Karte. – Bestimmen Sie einen Tag und kommen Sie dann zum Essen. Wir werden uns alle freuen, Sie zu sehen.‹

Ich antwortete, ich würde ihm schreiben, und damit trennten wir uns.

Mein Geist hatte – glücklicherweise, glaube ich – seine jugendliche Elastizität verloren. Das Pendel schwang nicht in die Höhe. Es blieb innerhalb des kurzen Bogens, in dem es sich seit Jahren bewegte. Ich sagte mir, daß mir aus einer erneuerten Verbindung mit der Familie Gilmore nur Kummer und Enttäuschung erwachsen können. Ich fühlte, daß ich noch immer nicht ganz Herr meiner selbst geworden war, daß Ellens Gegenwart mich wahrscheinlich wieder zum Narren machen würde. Ich war vernünftig genug, um einzusehen, daß es Wahnsinn sein würde, mich um die Hand der reichen, gefeierten, jungen Witwe zu bewerben. Gleichzeitig fühlte ich, daß ein kurzes Zusammensein mit Ellen meine arme Vernunft wieder zugrunde richten konnte. – Ich habe in lyrischen Gedichten gelesen, daß die Liebe den Menschen veredle, ihn zum Gotte mache. – Sie macht ihn auch zum Narren. Dies war mein Fall, und ich mußte deshalb vorsichtig sein.

Wenige Tage vor meinem Zusammentreffen mit Francis Gilmore hatte ich die Nachricht von dem Ableben eines alten Verwandten erhalten. – Ich erinnere mich seiner nur undeutlich. Ich hatte als Kind einmal die Ferien bei ihm zugebracht, und er hatte mich damals sehr freundlich empfangen. Er war ein stiller, ernster Mann, der ein einsames Leben führte. Ich erinnere mich dunkel, gehört zu haben, daß er meine Mutter geliebt und sich nach deren Verheiratung von der Welt zurückgezogen habe. Seit langen Jahren hatte ich nichts wieder von ihm gehört. Es scheint nun aber, daß der alte, traurige Mann mich in sein Herz geschlossen und nicht wieder vergessen hatte. Kurz: vor seinem Tode hatte er mir den größten Teil seines kleinen Vermögens hinterlassen. Ich wurde auf diese Weise Besitzer eines freundlichen Hauses, in der Nähe von R . . . gelegen, und eines auf lange Jahre verpachteten Grundeigentums. Die Pacht von zwölfhundert Taler erschien mir genügend, um damit alle meine Bedürfnisse zu befriedigen.

Ich nahm mir vor, Amerika nun sofort zu verlassen und nach meiner Heimat zurückzukehren. Ich hatte mir deine Adresse verschafft. Ich dachte mir, daß die Freude, dich, meinen ältesten und einzigen Freund, wiederzusehen, mich für manchen Schmerz entschädigen würde, den ich im Leben erlitten habe. Ich habe mich darin nicht getäuscht. Ich habe endlich einmal – zum erstenmal – mein volles Herz ausschütten können, und nun ist mir leicht und wohl, wie mir seit Jahren nicht gewesen ist. – Du richtest mich nicht strenge; das weiß ich. – Du bedauerst meine Schwäche, ohne mich deswegen hart zu verurteilen. – Ich habe nichts Gutes im Leben getan – und nichts Schlechtes verbrochen. Ich bin ein vollständig unnützes Möbel gewesen, ein ›homme de trop‹, wie der traurige Held einer traurigen Geschichte von Turgenjew.

Ich schrieb Francis Gilmore vor meiner Abreise von Neuyork. – Ich sagte ihm, der plötzliche Tod eines Verwandten nötige mich, nach Europa zu gehen. Ich gab ihm deine Adresse, damit es nicht aussehe, als fliehe ich die Verbindung mit seiner Familie. Und dann reiste ich ab. – Und nun bin ich hier. – Dixi!«

Warren, der während des Erzählens die Pfeife nicht hatte ausgehen lassen, erklärte sich bereit, nun die Lebensgeschichte seines Freundes Fabricius zu hören. Aber dieser war niedergeschlagen und verstimmt und fühlte sich nicht zum Sprechen aufgelegt. Er machte seinen Freund darauf aufmerksam, daß es spät geworden sei und schlug vor, die Unterredung am nächsten Tage wieder aufzunehmen. Warren antwortete darauf: »Sehr wohl,« klopfte seine Pfeife aus und verteilte den Rest einer Flasche Wein, die noch auf dem Tische stand, zwischen Fabricius und sich. Dann hob er sein Glas und sagte feierlich: »Der Jugendzeit!« – Er trank das Glas bis auf die Neige aus, setzte es auf den Tisch und sprach befriedigt:

»Dies ist der erste Schluck Wein, der mir seit Jahren wirklich mundet;
denn ich trank ihn nicht dem Vergessen, sondern der Erinnerung.«

II

Warren blieb mehrere Tage bei seinem Freunde Fabricius. Er erschien diesem als der anspruchloseste Mensch, den er jemals angetroffen hatte. Er verlangte nach nichts und schien stets mit allem, was ihm geboten wurde, zufrieden. Jeder Vorschlag, den Fabricius ihm machte, erhielt denselben Bescheid: »Sehr wohl.« – Aber wenn Fabricius nichts anregte, so machte es sich Warren mit seiner kurzen Pfeife auf einem Lehnstuhle bequem, nahm ein Buch in die Hand, in dem er jedoch nur wenig las, blies dicke Rauchwolken vor sich hin und schien mit sich und der Welt vollständig zufrieden. – Fremde Leute, sagte er, sähe er lieber nicht. Die wenigen jedoch, die zu Fabricius kamen und mit denen er eine oberflächliche Bekanntschaft anknüpfte, fanden in ihm einen wohlunterrichteten, bescheidenen Mann. Er gefiel jedermann, mit dem er in Verbindung trat. Er hatte etwas ihm eigentümlich Gefälliges, Anziehendes. Fabricius machte sich nicht klar, worin diese Eigentümlichkeit bestand; aber er selbst konnte sich dem Einfluß derselben nicht entziehen. Er hatte Warren in wenigen Tagen die opferfreudige, innige Freundschaft zurückgegeben, die er als junger Mann für ihn gefühlt hatte. – »Jedermann muß ihn liebgewinnen,« sagte er sich. »Es sollte mich nicht wundern, zu erfahren, daß Ellen Gilmore ihn geliebt hat . . . Ich möchte, ich könnte ihn glücklich machen.«

Fabricius führte seinen Freund eines Abends in ein Theater, in dem eine ausgelassene Posse vorzüglich gespielt wurde. Er erinnerte sich daran, daß Warren als Student große Vorliebe für derartige Vorstellungen gehabt und sich dort immer außerordentlich gut vergnügt hatte. Das fröhliche, frische Lachen seines Freundes klang ihm aus der Zeit noch in die Ohren. – Aber Fabricius fand eine neue Enttäuschung. – Warren wohnte dem Stücke teilnahmslos bei. Fabricius, der ihn von der Seite beobachtete, sah ihn nicht ein einziges Mal lachen. Er hörte eine Weile aufmerksam zu, dann schien er den Versuch, das, was er sah und hörte, zu verstehen, aufzugeben, und sah sich zerstreut im Hause um. Als Fabricius ihn endlich nach dem Ende des zweiten Aktes fragte: »Wollen wir nicht nach Hause gehen?« antwortete er schnell: »Ja, komm! Ich kann dem Unsinn keinen Geschmack mehr abgewinnen. Laß uns eine Pfeife rauchen und schwatzen. Das ist vernünftiger und angenehmer.«

Warren glich dem Freunde, den Fabricius vor fünfzehn Jahren gekannt hatte, gar nicht mehr. Aber er war Fabricius deshalb nicht weniger teuer. Er beobachtete ihn, mit schwerer Sorge im Herzen, wie einen geliebten, kranken Sohn. Er wurde nie müde, ihn aufheitern zu wollen; er wäre eines großen Opfers fähig gewesen, um ein zufriedenes Lächeln auf die starren Züge seines Gastes hinaufzuzaubern. Warren bemerkte dies, und als er von ihm Abschied nahm, drückte er ihm mit Rührung die Hand und sagte: »Du willst mir wohl, alter Freund, das sehe ich wohl . . . und glaube mir, ich bin dir dankbar dafür. Wir wollen uns nicht wieder aus den Augen verlieren. Ich werde dir regelmäßig schreiben.«

Wenige Tage nach Warrens Abreise erhielt Fabricius einen Brief für ihn aus Amerika. Das Monogramm auf dem Umschlag zeigte die Buchstaben » E. H.« – Ellen Howard, den Namen der von Warren geliebten Frau. Fabricius beförderte den Brief sofort weiter und schrieb dazu: »Ich hoffe, Du empfängst hiermit erfreuliche Nachrichten aus Amerika.« – Warren ließ diesen Satz in seiner Antwort unberücksichtigt und sprach überhaupt nicht von Ellen. Er beschrieb seinen neuen Wohnsitz, in dem er sich bequem eingerichtet hatte, und lud Fabricius ein, ihn dort bald und auf längere Zeit zu besuchen. Im ferneren Verlaufe des Briefwechsels verabredeten sich die beiden Freunde, die Weihnachts- und Neujahrstage miteinander zu verbringen.

Zu Anfang des Monats Dezember schrieb Warren, Fabricius möchte seine Abreise so sehr wie möglich beschleunigen.

»Ich befinde mich nicht wohl« – hieß es in dem Briefe –, »und ich fühle mich manchmal so matt und müde, daß ich das Zimmer gar nicht verlassen mag. Ich kenne hier noch niemand und habe auch nicht die Absicht, Bekanntschaften anzuknüpfen. Deine Gesellschaft würde mich sehr erfreuen. Ich habe mich wieder an Dich gewöhnt, und Du fehlst mir aller Orten. Ich habe Dir ein Zimmer eingerichtet, in dem Du nach Herzenslust, gerade ebenso gut wie in L . . . und jedenfalls ungestörter als dort, arbeiten kannst. Warte also nicht bis zum 23., sondern komm, je eher, je lieber. Wir können Weihnachten am 15. Dezember gerade ebensogut feiern, wie am 25.«

Fabricius war in der Lage, dem Wunsche seines Freundes folgen zu können, und langte noch in den ersten Tagen des Monats Dezember bei ihm an. Er fand ihn sehr abgemagert und elend aussehend.

Warren hatte noch keinen Arzt zu Rate gezogen und weigerte sich auch, dies zu tun.

»Was kann mir der Doktor nützen?« sagte er. »Ich weiß sehr wohl, wo mich der Schuh drückt und weshalb ich hinke. Er würde mir Zerstreuung empfehlen, gerade wie er einem armen, kranken Manne kräftige Speisen und alten Wein verordnen würde. Der arme Mann dürfte das dazu nötige Geld nicht besitzen. Man hat nicht immer die Mittel, sich gerade das zu verschaffen, was einem wohltun würde. – Wie sollte ich mich zerstreuen? – Reisen? – Ich liebe nichts so sehr wie Stillsitzen. – Fremde Gesichter sehen? – Du bist der einzige Mensch, dessen Gesellschaft ich dem Alleinsein vorziehe. – Bücher? – Ich habe keine Lust mehr am Lernen, und das, was ich weiß, interessiert mich nicht mehr.«

Fabricius machte, wie bei dem ersten Zusammentreffen mit Warren, die Bemerkung, daß dieser beinahe gar nichts aß, dagegen ziemlich viel trank. Seine freundliche Sorge um Warrens Gesundheit gab ihm den Mut, davon zu sprechen.

»Du hast recht,« antwortete ihm Warren. »Ich trinke zu viel; aber ich kann nicht essen und fühle doch das Bedürfnis, irgend etwas zu mir zu nehmen, was meine Kräfte aufrechterhält. Ich bin in der traurigen Verfassung eines der jammervolleninvalides du sentiment von Gavarni: › Toutes ces bêtises m'ont dérangé la constitution.‹«

Eines Abends, als die beiden Freunde im behaglich warmen Zimmer zusammen saßen, während es draußen stürmte und tobte, fing Warren an, von Ellen zu sprechen.

»Wir stehen jetzt in regelmäßigem Briefwechsel,« sagte er. »Sie schreibt mir, sie hoffe, mich bald wiederzusehen. – Weißt du wohl, Hermann, daß mir die Frau geradezu unerklärlich wird? Daß sie mich nicht wie den ersten besten behandelt, das steht fest. – Aber was veranlaßte sie, die Verbindung mit mir aufrechterhalten zu wollen? – Liebe? – Der Gedanke ist lächerlich. – Mitleiden wohl. – Das ist also das Ende meiner stolzen Träume: ich bin ein Gegenstand des Mitleids geworden. Ich habe ihr geschrieben, daß ich mich hier festgesetzt habe und daß es meine Absicht sei, mein unnützes Leben in Untätigkeit und Zurückgezogenheit zu beschließen. Ich werde sie nie wiedersehen . . . Erinnerst du dich der Stelle aus den ›Reisebildern‹, wo der Student das hübsche Mädchen am Fenster küßt, und diese es sich gefallen läßt, weil er dabei sagt: ›Morgen ziehe ich weiter und sehe dich vielleicht nie wieder.‹ – Der Gedanke, jemand nie wiederzusehen, gibt einem den Mut, manches zu sagen, was man sonst kaum anzudeuten wagen würde. – Ich fühle, daß es mit mir zu Ende geht. – Sage nichts dagegen, lieber Freund. Ich weiß, es ist so. Ich habe es Ellen geschrieben . . . Ich habe ihr noch viel mehr geschrieben . . . Unsinn! . . . Alles, was ich im Leben getan habe, ist unnütz und zwecklos gewesen. Es ist ein harmonischer und logischer Abschluß meines Daseins, daß ich auf dem Sterbebett eine Liebeserklärung gemacht habe. – Gibt es etwas Zweckloseres? – Ich habe es doch getan.«

Fabricius hätte gern etwas Näheres über diesen Brief erfahren; aber Warren wollte sich nicht auf bestimmte Antworten einlassen. – »Hätte ich eine Abschrift von dem Briefe,« sagte er, »so würde ich sie dir gern zu lesen geben. Du kennst meine ganze Geschichte, und ich schäme mich vor dir keiner Albernheit, die ich begangen habe, wie groß und unnütz sie auch sein möge. – Ich schrieb den Brief vor vierzehn Tagen, als ich das Nahen des Todes zuerst mit Sicherheit fühlte. Ich lag im Fieber. Ich hatte keine Furcht vor dem Tode, der wirklich wenig empfängt, indem er mir das Leben nimmt. Aber ich war aufgeregt, begeistert. Es ist möglich, daß ich ein hochpoetisches Machwerk verfaßt habe – einen Schwanengesang. Ich wünsche es nicht ungetan. Nein, ich bin froh, daß Ellen endlich wissen wird, wie ich sie geliebt habe: ohne meine Liebe zu gestehen, ohne Gegenliebe zu erflehen, zu hoffen. – Das nenne ich uneigennützig!«

Die Festtage gingen still und traurig vorüber. Warren war so matt, daß er sich täglich nur wenige Stunden von seinem Lager erheben konnte. Fabricius hatte nun aus eigener Machtvollkommenheit einen Arzt an das Krankenbett seines Freundes gerufen. Aber der Mann der Wissenschaft konnte auch nicht helfen. Warren litt nicht an einer bestimmten Krankheit. Seine Lebenskraft war aufgezehrt. Er erlosch langsam, wie ein Licht, das sich ausbrennt. Manchmal noch, in selteneren und längeren Zwischenräumen, flackerte sein Geist hell auf und sprühte Funken; aber schon lagerten sich die Schatten des Todes über ihn, und es wurde dunkler und dunkler.

Am Silvesterabend stand Warren gegen elf Uhr auf. »Ich will das neue Jahr mit dir in alter Weise begrüßen,« sagte er zu Fabricius. »Möge es dir Freude bringen. Mir bringt es Frieden.«

Wenige Minuten vor Mitternacht trat er an das Klavier und spielte feierlich, einem Chorale gleich, ein Lied von Robert Schumann: »Auf das Trinkglas eines verstorbenen Freundes.« – Mit dem Glockenschlag zwölf füllte er zwei Gläser. Er hob das Glas und sprach aus dem Liede, das er soeben gespielt hatte, langsam und nachdenklich eine Strophe nach:

»Was ich erschau' in deinem Grund,
Ist nicht Gewöhnlichen zu nennen.«

Dann beugte er sich zurück und leerte das volle Glas in einem langen Zuge. – Er hatte während des Sprechens und des Trinkens gar nicht auf Fabricius geachtet, der ihn bestürzt und sprachlos beobachtete. Jetzt erblickte er ihn, und sein Auge leuchtete hell und freudig in jugendlichem Feuer auf.

»Ein anderes Glas!« rief er. »Der Freundschaft! Prosit, Bruder!«

Er leerte das zweite Glas wie das erste und ließ sich dann schwerfällig auf einen Sessel nieder. Der Blick wurde wieder starr und ausdruckslos, und willig, wie ein schläfriges Kind, ließ er sich bald darauf von Fabricius zu Bett geleiten.

Während der nächsten Tage konnte er nicht aufstehen. Der Doktor schüttelte bedenklich den Kopf und teilte Fabricius, den er für einen nahen Verwandten hielt, mit, daß er sich auf das Schlimmste vorzubereiten habe.

Am 8. Januar brachte ein Diener aus dem Gasthof der Stadt, in deren unmittelbarer Nähe Warrens Landhaus gelegen war, einen an diesen gerichteten Brief, der, wie der Bote sagte, sofortige Erledigung erheischte, und den Fabricius öffnete, da sein Freund seit mehreren Stunden in einem träumerischen Fieberzustand lag, der an vollständige Bewußtlosigkeit grenzte. Der Brief war »Ellen Howard« unterschrieben und lautete wie folgt:

»Eine Reise nach Europa, die mein Vater bereits seit längerer Zeit beabsichtigte, ist plötzlich zur Ausführung gekommen. Ich habe Ihnen dies nicht früher mitteilen wollen, um das Vergnügen zu haben, Sie zu überraschen. Hier erfahre ich nun aber durch den Gastwirt, daß das Unwohlsein, von dem Sie in Ihrem letzten Briefe sprachen, noch nicht gehoben ist. Ich mag deshalb nicht unangemeldet vor Ihnen erscheinen und frage zunächst an, ob Ihr Zustand Ihnen erlaubt, uns zu empfangen. Ich bin hier mit Francis, der wie ich darauf bestanden hat, Ihnen, werter Freund, auf der Durchreise einen kurzen Besuch zu machen. Mein Vater ist geradeswegs von Hamburg nach Paris gereist, wo mein Bruder und ich uns in wenigen Tagen wieder mit ihm vereinigen werden.«

Fabricius dachte einen Augenblick nach. Dann nahm er seinen Hut und sagte dem Boten, er werde die Antwort auf den Brief selbst bringen. – In dem kleinen Gasthause angelangt, wurde er ohne weiteres bei der »fremden Dame« vorgelassen. Er hatte ihr durch den Kellner seine Karte geschickt mit den Worten: »Im Auftrage des Doktor Warren.«

Ellen war allein. Fabricius musterte sie schnell. Sie war sehr schön. Ihre großen blauen Augen waren unruhig fragend auf den Eintretenden gerichtet.

Fabricius war in seinem Leben nur wenig mit Frauen umgegangen und erschien gewöhnlich verlegen in ihrer Gesellschaft. Aber in diesem Augenblick waren alle seine Gedanken bei dem kranken Freunde, und er konnte ohne Anstrengung vollständig unbefangen sein. Er erzählte in wenigen Worten, Warren sei krank – sehr krank – sterbend. Er habe den an seinen Freund gerichteten Brief erbrochen und gelesen.

Ellen sah ihn stumm, gewissermaßen erstaunt an. Sie schien das, was sie hörte, nicht zu fassen. Aber langsam füllten sich ihre Augen mit Tränen.

»Ist es mir erlaubt, Herrn Warren zu sehen?« fragte sie endlich.

Fabricius bejahte dies.

»Soll mein Bruder mich begleiten, oder ist es besser, daß ich allein gehe?«

»Ich halte es für geraten, daß Sie zunächst allein kommen. Ihr Bruder kann unsern armen Freund vielleicht später sehen.«

»Wird die Überraschung den Kranken nicht ermüden?«

»Sicherlich nicht. Jede Freude kann ihm nur wohltun; und ich weiß, er wird sich freuen, Sie zu sehen.«

Ellen war in wenigen Minuten bereit, Fabricius zu folgen, und bald darauf befanden sich beide in Warrens Hause. Fabricius bat seine Begleiterin, in der Wohnstube zu warten, und ging zunächst allein in das Krankenzimmer.

Warren lag mit weitgeöffneten, im Fieber leuchtenden Augen auf dem Bett. Er redete irre. Er erkannte jedoch den Eintretenden und bat diesen, ihm etwas zu trinken zu geben. Nachdem er seinen Durst gelöscht hatte, schloß er die Augen, als wolle er schlafen.

»Ich habe dir einen guten Freund geholt,« sagte Fabricius, »willst du ihn empfangen?«

»Fabricius? – Er sei willkommen!«

»Nein. – Einen Freund aus Amerika.«

»Aus Amerika? . . . Da habe ich lange, lange gelebt . . . Wie traurig, trostlos die Ufer!«

»Willst du den Freund sehen?«

»Ich gleite den dunkeln Strom hinunter – hinunter. In nebeliger Ferne: hohe, dunkle Formen, bewaldete Höhen . . . Ich kann sie nimmer erreichen.«

Fabricius entfernte sich auf den Fußspitzen und trat nach wenigen Sekunden mit Ellen wieder in das Zimmer. Warren schien nichts zu bemerken. Er sprach mit leiser, tonloser Stimme weiter:

»Der Strom nähert sich dem Meere. Ich höre sein dumpfes Brausen. Die Ufer werden grün. Die Berge rücken näher. Das sind die Bäume, unter denen ich so oft geruht . . . Waldesdunkel . . . Zwischen den Bäumen schwebt eine lichte Gestalt daher . . . Ellen!«

Sie trat an sein Bett. Der Sterbende blickte sie, ohne Überraschung, freundlich lächelnd an.

»Gottlob! Ich sehe dich noch!« sagte er. »Ich wußte, daß du kommen würdest.« Er lallte noch einige unverständliche Worte; dann lag er lange Zeit still da. Plötzlich rief er: »Hermann!«

Der Gerufene stand neben Ellen.

»Das Glückspendel! Du verstehst mich?« – Ein kindliches, harmloses Lächeln flog über sein Antlitz. Er hob die magere Rechte in die Höhe, und mit dem Zeigefinger eine weite Pendelschwingung in der Luft beschreibend, sagte er dazu: »Früher!« Dann machte er in derselben Weise eine kurze Bewegung von rechts nach links, die er langsam wiederholte, und sprach: »Heute!« – Endlich hielt er den Zeigefinger, wie drohend, fest und unbeweglich in die Höhe: »Bald!« – Darauf schloß er die Augen und lag einige Minuten lang schwer atmend, sprachlos da.

Ellen beugte sich weinend zu ihm hinab und rief leise: »Heinrich! Heinrich!« Er öffnete die müden Augen noch einmal. Sie näherte ihren Mund seinem Ohr und flüsterte unter Tränen: »Ich habe dich immer geliebt.«

»Ich wußte es von Anfang an,« antwortete Warren ruhig und überzeugt. – Die starren Züge wurden noch einmal sanft und belebt. Das Auge blickte freundlich, zutraulich, wie vor langen Jahren. Er ergriff Ellens Hand und führte sie an seine trockenen Lippen. Ein Lächeln verklärte sein Antlitz.

»Wie fühlst du dich?« fragte Fabricius.

Die alte Antwort kam: »Sehr wohl . . .« Die kraftlosen Finger zerrten an der Bettdecke, als wollten sie sie in die Höhe ziehen. Dann streckten sich die Arme lang aus, und die Finger lagen still. – »Sehr wohl . . .« wiederholte Warren noch einmal leise. Er schien darauf in tiefes Nachdenken zu versinken. Eine lange Pause trat ein. Dann richtete er das brechende Auge liebevoll und traurig auf die Geliebte, und zögernd, leise, mit schwachem Ausdruck auf das erste Wort, sagte er: » *Ganz* wohl.«